AF468091

SIMPLE

DISCOURS

ENTRE

UN INDUSTRIEL HONNÊTE HOMME

ET

UN AVOCAT DE BONNE FOI,

A L'OCCASION

DU PROCÈS DES ACCUSÉS D'AVRIL

PENDANT DEVANT LA CHAMBRE DES PAIRS.

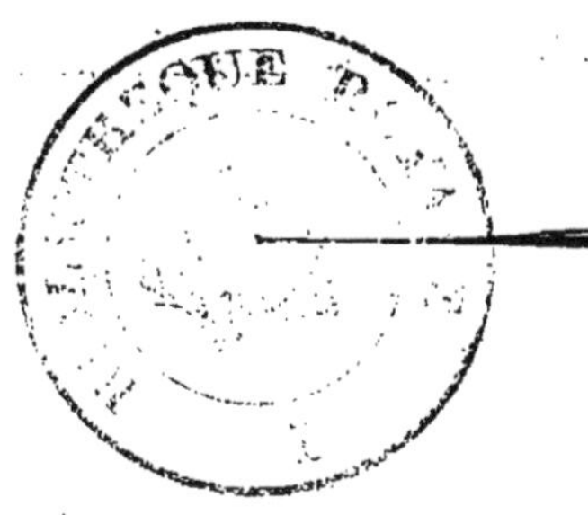

PARIS.

MOUTARDIER, LIBRAIRE, EDITEUR,

RUE DU PONT-DE-LODI, 8.

1835.

IMPRIMERIE ET FONDERIE DE FAIN,
4, rue Racine, place de l'Odéon.

SIMPLE DISCOURS

ENTRE

UN INDUSTRIEL HONNÊTE HOMME

ET

UN AVOCAT DE BONNE FOI.

Bonjour, mon cher avocat. Par ma foi, j'ai bien besoin de vous voir et de causer un instant avec vous.

— Avec grand plaisir. Qu'avez-vous donc qui vous chagrine si fort? vous paraissez agité vraiment.

— Sans doute, je suis ému; il y a bien de quoi. Depuis deux jours, deux ou trois de mes camarades de la garde nationale veulent me faire signer une protestation. Ils disent que les affaires vont mal; que le gouvernement est sorti de la charte en faisant le procès des accusés d'avril devant la chambre des pairs; et que de plus il refuse des avocats à tous ces accusés. Ce qui n'est pas bien, et ne saurait bien finir. Là-dessus ils m'ont exhorté, sollicité de donner ma signature. J'ai refusé. « Doucement, mes amis, leur ai-je dit : ne protestons pas si vite ; c'est bien assez que le repos public soit menacé par les carlistes et les républicains, sans que les bons citoyens, je veux dire la garde nationale, se joignent à eux pour grossir les rangs des anarchistes blancs et rouges. »

— C'est très-bien, c'est très-bien, mon digne ami. Vous avez parlé en homme de sens et de probité, car aujourd'hui la politique, c'est une question de probité, pas autre chose : c'est la loi ou le brigandage à l'infini.

— C'est vrai. Toutefois, mon cher avocat, j'ai conservé quelques doutes inquiétans, et je viens vous prier de m'éclairer un peu sur toutes ces questions ; non pas que j'aie l'intention de protester, mais parce que, aidé de vos conseils sages et francs, je pourrai peut-être empêcher des camarades égarés, entraînés comme je le suis un peu moi-même, de donner leur signature à des intrigans misérables, et de devenir ainsi, sans nous en douter, une cause de plus d'embarras et de désordre.

— Volontiers. En tout ceci, quels sont donc les points les plus difficultueux pour vous, quels sont les éclaircissemens que vous désirez obtenir plus particulièrement ? car vous ne voulez pas que nous fassions à nous deux un cours complet de doctrine politique. Vous savez aussi bien que moi juger l'état actuel du pays et de la société. Partout vous voyez le peuple, le vrai peuple, ami du travail, de l'ordre et des lois. Partout vous trouvez dans ses rangs de bons et d'utiles citoyens. Au contraire, dans la classe au-dessus, et qui selon moi est bien au-dessous du peuple, la classe prétendue des intelligences et des capacités, c'est-à-dire celle des mauvais écrivains, des mauvais avocats, des mauvais médecins, des mauvais procureurs, des mauvais huissiers, des mauvais artistes en tous les genres, etc., etc., partout vous voyez des pensées d'anarchie et de perturbation. Pourquoi? C'est que le peuple, sans ambition et sans besoins factices, qui, lui, n'a jamais renié son origine ni sa condition de peuple, ne demande que de l'ouvrage et du pain;.... tandis que les autres, presque tous renégats de leurs modestes familles et de leur extraction souvent obscure, tourmentés tous de désirs immodérés venus d'une éducation mauvaise, incomplète, par cela même improductive, veulent nonobstant obtenir à tout prix argent et places, sans travail et sans application. Les mauvaises capacités d'aujourd'hui sont les mauvais nobles d'autrefois : Tout pour rien! voilà leur cri de ralliement. Aussi on peut dire avec raison que de nos jours l'esprit de révolution s'est fait à sa manière intelligence, capacité, monsieur, fashionable, grand seigneur, et que l'esprit de conservation s'est fait bon sens, industriel, artisan, peuple enfin; et, comme cette base est bonne et solide, la machine tient bon, tiendra long-temps, et la société nouvelle ne périra ni sous la voix de quelques avocats sans cause, ni sous la plume de quelques prosateurs sans prose, ni sous le scalpel de quelques médecins sans malades, ni enfin sous les conspirations et les conjurations de quelques milliers de demi-parvenus à une position sociale qui n'était la leur ni par le mérite ni par l'origine, et dont le temps fera bonne justice! N'est-ce pas là, mon digne ami, toute votre pensée?

— Tout-à-fait; vous avez mis le doigt sur la plaie. C'est bien ça, oui vraiment.

— Mais revenons à notre affaire, notre consultation politique, spéciale, car sur tout le reste nous sommes parfaitement d'accord. Vous dites donc que vous êtes tourmenté par des doutes sur le fait du procès pendant à la cour des pairs?

— Oui, voilà toute mon affaire. Le gouvernement fait-il bien, fait-il mal? la charte est-elle violée? la loi ordinaire ne l'est-elle pas aussi? enfin, faut-il protester? et, pour mettre un peu d'ordre dans notre discussion, dites-moi d'abord : le gouvernement avait-il le droit de traduire devant la cour des pairs les accusés qui y sont en ce moment? On m'a dit que là il y avait violation de la charte ; est-ce vrai ou non?

— Autant de mots, autant de mensonges. Ce n'est pas surprenant, c'est là le langage des partis. La vérité les tue ; je vais vous la dire. Le procès des accusés d'avril, dans le peu que nous en savons déjà, recèle évidemment dans son sein le plan de la conspiration la plus vaste, la plus audacieuse, qui ait jamais été tentée. Son but évident était de renverser le gouvernement établi, pour y substituer une république d'épouvantable mémoire!.... C'est bien là votre opinion, n'est-ce pas?

— Sans doute.

— Eh bien, tous ces faits, tous ces actes constituent le crime d'attentat à la sûreté de l'état. Les journées de juin et d'avril à Paris, sans rappeler les tristes événemens de Lyon, nous ont assez prouvé quels dangers ont couru et l'état et la liberté. C'est donc avec raison que les prévenus d'avril présumés auteurs et provocateurs de ces scènes de guerre civile, sont accusés d'avoir attenté à la sûreté de l'état. Or, écoutez bien l'article 28 de la charte; il est ainsi conçu :

« La chambre des pairs connaît des crimes » de haute trahison et des attentats à la sûreté » de l'état, qui seront définis par la loi. »

Est-il rien de plus clair, de plus précis, que les termes de cette disposition? La juridiction de la chambre des pairs comme pouvoir judiciaire n'est-elle pas consacrée, établie, par la charte? Ce haut tribunal ne fait-il pas partie de nos institutions politiques?

— D'accord.

— Il n'y a donc dans le renvoi du procès à la chambre des pairs, comme cour judiciaire, que l'exécution et non la violation de la charte. Est-ce vrai?

— Parfaitement.

— Maintenant, les droits attribués à la chambre des pairs ne sont-ils pas, et de juger les crimes de haute trahison, et de juger les attentats envers la sûreté de l'état?

— Assurément.

— Les accusés d'avril ne sont-ils pas présumés coupables de l'attentat le plus flagrant, le plus persévérant, contre la sûreté de l'état?

— Sans contredit.

— Le gouvernement avait donc le droit de

constituer juge de ce grand procès la chambre des pairs. Et dans cet acte du pouvoir il n'existe donc encore ni violation ni interprétation de la charte, puisque au contraire cet acte n'est que l'exécution littérale et matérielle de son article 28, dont maintenant vous connaissez parfaitement les termes.

— Je suis tout-à-fait de votre avis, et je vous réponds que je ne suis pas prêt à protester.

— Poursuivons. Vous me demandez pourquoi le pouvoir a refusé des avocats aux accusés, et s'il en avait le droit. Écoutez-moi bien.

Le pouvoir n'a pas refusé des avocats aux accusés d'avril. Il l'a si peu fait, qu'il leur a dit :

« Vous pouvez choisir vos conseils parmi
» tous les avocats ou avoués qui sont inscrits
» sur tous les tableaux des barreaux de France,
» et de plus nous admettrons vos parens si
» vous les désignez. »

Voilà ce qu'a dit et fait l'autorité. Ainsi les accusés, qui sont au nombre de cent vingt, ont à leur disposition environ DIX MILLE défenseurs, tant avocats qu'avoués, et de plus leurs parens! Est-ce là priver un accusé de défenseur? est-ce là mutiler, gêner la défense? qu'en dites-vous?

— Je dis que le langage du pouvoir est digne

et libéral autant que possible. Mais pourtant permettez : les accusés ont désigné des défenseurs, et ils ont été refusés ;... en agissant ainsi n'a-t-on pas violé la première des lois, qui veut qu'un accusé ait un défenseur, et ne puisse être condamné sans avoir été entendu?

— Ici j'ai deux réponses à vous faire. Pourquoi a-t-on refusé les défenseurs nommés par les accusés, et en vertu de quel droit? Les voici toutes deux. On a refusé aux accusés certains défenseurs, par le motif tout simple que les personnes qu'ils désignaient n'étaient ni *avocats* ni *avoués*, et que de plus elles n'avaient été choisies que pour servir de renfort en quelque sorte au scandale immense que l'on se promettait. C'étaient des complices et non des défenseurs qu'ils appelaient, pour qu'au lieu de cent vingt accusés il y en eût deux cent quarante! Voilà le mobile et le seul but des accusés. Ils préparaient une attaque en règle, et non une défense; ils voulaient livrer une bataille judiciaire au gouvernement, ne pouvant plus l'attaquer par la force dans les rues; en un mot, c'était l'émeute par la parole et par la provocation que les accusés voulaient transporter dans le sanctuaire de la justice la plus élevée de l'état!... L'autorité devait-elle accepter ce rendez-vous audacieux, ce défi coupable? Non, elle devait résister avec la loi qui lui en donnait le droit... Elle aurait même dû résister en l'absence de toute loi, parce qu'il en est qui se comprennent, qui se sentent par tout le monde, sans qu'elles soient écrites dans les codes. Ces lois sont celles qui naissent de ces nécessités inflexibles et soudaines, qui veulent qu'on agisse sous peine d'ajouter au péril de la patrie!

Rien donc qu'appuyée sur la nécessité qui la pressait de défendre l'état et la constitution, l'autorité aurait pu, aurait dû s'opposer, par tous les moyens de la défense légitime, à ce que le procès des accusés d'avril se transformât en une arène politique, où la seule cause plaidée eût été celle du désordre et de l'anarchie! Oui, c'était là le droit, le devoir de l'autorité, et sans doute l'autorité n'aurait pas reculé!

Dieu merci, ce texte de déclamation et de récrimination manque aux ennemis de notre repos : la loi n'est pas absente. Non, mon digne ami : il existe au contraire, dans nos codes, un article fort clair, fort précis, qui permettait au président de la cour des pairs de refuser tels ou tels défenseurs aux accusés; c'est l'art. 295 du code d'instruction criminelle, avec lequel je vais vous faire faire connaissance. Le voici cet article, et moi je ne le tronquerai pas.

« Le conseil de l'accusé ne pourra être
» choisi par lui ou désigné par le juge que
» parmi les avocats ou avoués de la cour royale
» ou de son ressort, *à moins que* l'accusé n'ob-
» tienne *du président de la cour d'assises la*
» *permission* de prendre pour conseil un de
» ses parens ou amis. »

Suivez-moi bien. Deux choses sont à remarquer ici : la règle et l'exception. La règle, c'est-à-dire le droit ordinaire, est que l'accusé et le juge ne *pourront désigner* pour défenseur que des avocats ou avoués inscrits au tableau. Ainsi, quand M. le président de la cour des pairs a désigné pour défenseurs des personnes inscrites au tableau des avocats, il a exécuté littéralement l'article 295 dans le principe général posé par lui. Vous comprenez?

— Très-bien.

— L'exception, c'est-à-dire le cas le plus rare, est au contraire celui où l'accusé obtient du président la permission de choisir pour conseil un parent ou un ami.

Avez-vous entendu les termes positifs, précis de la loi? *à moins que l'accusé n'obtienne du président la permission*, etc... Il faut donc que l'accusé l'obtienne cette permission! Le président peut donc l'accorder ou la refuser! Il l'accorde quand la demande de l'accusé est loyale et toute entière dans l'intérêt de sa défense; il la refuse quand le but évident de l'accusé est d'avoir un conseil, non pour se défendre, mais pour attaquer; non pour se faire absoudre, mais pour aggraver sa situation. Et, chose incroyable à jamais! cette dernière et monstrueuse prétention est celle des accusés d'avril, qui veulent devenir, si c'est possible, plus coupables qu'ils ne le paraissent déjà! Mais tel est le délire de l'esprit de parti : il n'admet que des idées exagérées, il ne veut aussi que des situations extrêmes!...

Ce n'est pas tout, mon digne ami : voyons incontinent quelle a été la conduite de M. le président de la cour des pairs; voyons surtout si les faits l'accusent.

Que s'est-il passé?

Plusieurs des accusés ont nommé des défenseurs qui sont avocats inscrits au tableau : ont-ils été refusés? Non; le président, ou, si vous voulez, la cour des pairs, les a tous admis. Tous! La loi a-t-elle été violée? répondez.

— Vraiment non.

— Un plus grand nombre d'accusés n'avaient pas choisi de défenseurs. Qu'a fait le président de la cour des pairs? Il a désigné des avocats inscrits au tableau. En avait-il le droit? répondez.

— Oui, certes, puisque la loi le dit formellement.

— Un accusé, le sieur Giraud, âgé de vingt ans, élève de l'école vétérinaire de Lyon, a demandé pour défenseur son frère. Le président pouvait le refuser, puisque la loi lui donnait cette faculté : en a-t-il été ainsi? Non. Dans l'audience du 12, M. le président lui a dit : « Accusé Giraud, vous avez demandé pour » défenseur *votre frère*; cette demande vous » est accordée sans difficulté. » La loi a-t-elle été violée? répondez.

— De pardieu non!.... puisqu'on a accordé ce qu'on pouvait refuser. Mais je ne connaissais pas ce fait-là.

— Je m'en doutais bien, car toutes les feuilles de la république se sont bien donné de garde de le publier : elles l'ont retranché de l'audience, pour rester fidèles à leurs habitudes de loyauté.

— Quelle indignité!

— Enfin, un certain nombre d'accusés avaient désigné pour leurs défenseurs, des amis; nous verrons tout à l'heure quelle doit être la valeur légale de ce mot : que devait ou plutôt que pouvait faire M. le président de la cour des pairs? Comme vous le savez maintenant, la loi lui donnait l'option entre deux mesures. Il pouvait admettre, il pouvait refuser : il a pris ce dernier parti, pourquoi? Je vous l'ai déjà dit, parce que les prétendus amis qui avaient été désignés ne devaient point se présenter comme défenseurs des accusés, mais bien comme les avocats de la discorde politique et les agresseurs du gouvernement établi! Et qu'on ne dise pas qu'ici M. le président s'établissait le juge d'une intention : les seuls noms des personnes choisies constituaient eux seuls un fait matériel qui excluait toute condescendance et toute faveur de la part de la justice, car il n'y a rien de plus significatif au monde que les noms de d'Argenson, Audry Puyravau et Garnier-Pagès.... sans parler des autres! De quoi peuvent donc se plaindre certains accusés? Ils peuvent se plaindre d'une seule chose, de ce que le président ne leur a pas accordé une *faveur*, et une *faveur insigne!* celle de choisir leurs amis pour conseils!... Mais en vérité, entre refuser un droit ou ne pas accorder une faveur, il y a une immense différence, assurément; qu'en dites-vous?

— Je vois que plus nous avançons, plus il est clair qu'en tous points l'autorité a agi légalement et sagement : et que lorsque les accusés réclamaient des amis pour leurs défenseurs, ils sollicitaient évidemment une faveur véritable qu'il était du droit et du devoir de M. le président de leur refuser..... Car, en effet, c'était le scandale de la défense que l'on voulait ajouter à la gravité de l'accusation.

— C'est cela même; vous avez parfaitement saisi. Mais, il y a mieux : car je ne veux pas que le pouvoir ait même à vos yeux l'apparence d'avoir usé de la loi avec une certaine rigueur; écoutez-moi encore un instant. Vous croyez peut-être que les accusés avaient nommé, je ne dirai pas, de véritables amis, puisqu'on n'en trouve pas, ou très-peu, mais au moins des amis ordinaires, de ces amis de café ou de tripot, dont on sait à peine le nom ?...

— Sans doute, je le pensais.

— Vous étiez dans une erreur étrange; la plus grande partie des amis désignés, non-seulement ne connaissaient pas les accusés, mais ils ne les avaient jamais vus. En effet, quelles relations voulez-vous qui jamais aient existé avant le procès entre les avocats, par exemple, d'Auch, de Limoges, de Marseille et de Strasbourg, et les obscurs accusés pour la plupart, qui sont venus de Lyon, de Saint-Etienne, d'Arbois, de Besançon et de Grenoble?.. Les accusés de Paris connaissaient tout au plus toutes les personnes qu'ils ont indiquées... mais à coup sûr, ils n'étaient pas tous amis, je vous le certifie..... C'est donc un mensonge ou si vous voulez une fiction de l'esprit de parti que les accusés ont voulu invoquer pour faire violence à la règle... Et pourtant quand la loi s'est servie du mot *ami*... elle n'a pas prétendu avilir, dégrader ce nom qui devrait être sacré parmi les hommes... Elle a voulu, au contraire, par ce mot sacramentel dire à l'accusé que s'il existait près de lui quelqu'un qui eût connu sa vie entière, qui possédât les sympathies de son âme, et méritât sa confiance la plus intime, parce que tel doit être le privilége de l'amitié, celui-là, désigné par lui pour débattre ses plus chers intérêts, sa liberté, sa vie peut-être, obtiendrait aussi la confiance de la justice et l'honneur de parler devant elle.!!! Voilà ce que la loi entend par le mot *ami* en thèse générale.

— Je le crois volontiers, mon cher avocat : mais les amis politiques, aujourd'hui, sont à la mode : et voilà comment les accusés entendent ce mot.

— C'est autre chose. Alors je répondrais que la loi ne reconnaît pas les amis politiques, et que dès lors la justice n'est nullement obligée d'aller plus loin qu'elle. Car c'est toujours un danger de faire plus ou moins que la loi; il faut l'exécuter, et pas autre chose. En effet, voyons si les amis politiques sont, je ne dirai pas dans l'article, mais s'il est possible qu'ils aient été dans la pensée du législateur. La date de la publication du code d'instruction criminelle va nous répondre nettement. Il fut promulgé le 27 novembre 1808!... Je voudrais bien voir quelqu'un qui me parlât des amis politiques de ce temps-là... Je lui dirais : A cette époque il n'y avait que deux choses : la guerre et Napoléon.... La guerre qui absorbait l'Europe, Napoléon qui absorbait la France.... Tout ce qui n'était pas sabre, baïonnette, boulet, était brisé, courbé, anéanti,... L'amitié naturelle pleurait sur des cercueils glorieux!... Et l'amitié politique, qui pour l'ordinaire.... n'est autre chose que de la conspiration bonne ou mauvaise, vivait refoulée au fond des cœurs.... Une seule fois, en 1804, elle voulut parler,... et la mort lui répondit par les cadavres de Pichegru, Cadoudal, et de leurs amis!... Depuis, le bruit de son haleine ne troubla pas même le sommeil du géant impérial!... Il est donc évident que la loi n'a pas eu et n'a pas pu avoir en vue les amis dits politiques, puisqu'elle n'en soupçonnait pas même l'existence, et ce que n'avait pas fait l'article 295, M. le président de la cour des pairs n'avait pas le droit de le faire.

Ainsi on peut dire, d'après la pensée morale et positive de la loi : Aucuns des accusés et des défenseurs ne pouvaient se donner réciproquement le titre d'*amis* ; et, d'après les faits, presque tous sont inconnus complétement les uns aux autres.

Dans cette situation, que devait faire M. le président de la cour des pairs ? Il devait repousser de prétendus amis quand la loi demande des *amis réels* ; il devait repousser des amis soi-disant politiques quand la loi déclare qu'elle ne les a jamais admis.... Voilà aussi quelle a été sa conduite.... Qu'en pensez-vous ?

— A sa place j'en aurais fait tout autant.... Il est évident que ces amitiés-là sont de véritables *blagues*, passez-moi le mot..... Le président a bien fait, puisqu'il a obéi à la loi. Je ne connais que ça, moi !...

— Résumons-nous. Vous avez donc vu que la cour des pairs était instituée par la charte ?

— Oui.

— Vous avez vu que la cour des pairs jugeait les attentats contre la sûreté de l'état ?

— Oui.

— Vous avez vu que les faits imputés aux accusés constituaient un vaste attentat ?

— Oui.

— Vous avez vu que l'article 295 du code d'instruction criminelle veut que les défenseurs choisis par l'accusé ou désignés par le président soient des avocats ou avoués inscrits au tableau?

— Oui.

— Vous avez vu que le président avait la faculté de refuser ou d'admettre tout défenseur qui ne serait que parent ou ami?

— Oui.

— Vous avez vu que le seul parent qui ait été désigné par l'accusé Giraud, a été admis sans difficulté?

— Oui.

— Vous avez vu que les amis seuls des accusés avaient été refusés, par le motif unique que ces prétendus amis n'avaient été choisis que pour ajouter, s'il était possible, à la violence des débats?

— Oui.

— Enfin, vous avez vu que par le mot *ami* la loi n'a pu entendre parler de gens qui ne se sont jamais vus; et que, quant aux amis politiques, elle ne s'en est jamais occupée?...

— Oui, j'ai vu et très-bien vu toutes ces choses....

— Eh bien! mon digne ami, dites-moi maintenant si la charte a été foulée aux pieds et si la loi ordinaire a été violée..... Prononcez-vous, même avec votre conscience d'honnête homme! . . . .

— Les fourbes!... voyez donc comme ils m'avaient abusé!... Partout, d'après eux, les lois, la charte, avaient été méconnues, déchirées, et la charte et les lois me répondent elles-mêmes que partout leur exécution a été littérale et vraie; ils m'avaient insinué que dans ce procès, partout le gouvernement avait employé l'agression et l'arbitraire, lorsque partout jusqu'ici il n'a usé que de la défense et de la légalité! Et, pour mieux me séduire, ils ajoutaient que toutes ces choses graves et terribles, ils les tenaient d'un camarade de la compagnie, d'un avocat... Un avocat! se servir de la sorte de son éducation, de sa supériorité pour gâter des cœurs honnêtes et des intelligences bien nées!... Un avocat s'oublier, s'avilir à ce point... Mais n'est-ce pas là un véritable crime social que d'enseigner ainsi le désordre et l'anarchie par une fraude morale? Et n'est-ce pas une fraude odieuse, infâme, que de dénaturer la loi pour servir sa passion et pour tromper la confiance publique? N'est-ce pas là, pour ainsi dire, jouer dans le monde le rôle de cet homme endurci dans le mal, éprouvé par le châtiment des lois, qui corrompt tous ceux qui l'approchent, entraîne tous ceux qu'il domine et perd tous ceux qui l'écoutent? Oui, j'estime autant le voleur qui recrute pour les prisons, ou l'assassin qui recrute pour les bagnes... Mais je m'arrête... Je suis hors de moi... pardonnez, mon cher ami, si je parle ainsi d'un avocat devant un avocat... Je sais depuis long-temps que vous n'avez rien de commun avec un tel être,... et que chez vous l'honnête homme, le citoyen honorable, ont marché toujours avant l'avocat...

— A merveille... digne ami! vous avez été beau, parce que vous avez été vrai... Allez, allez, ne vous gênez pas... Les avocats aujourd'hui, certains du moins, les mauvais surtout, et c'est le plus grand nombre, ont bien mérité qu'un blâme public et sanglant les atteigne dans leur conduite détestable et digne tout au plus des derniers rangs de la mauvaise populace!... Je suis tout-à-fait de votre avis... et vous permets de me faire descendre à cet ignoble niveau, si jamais je déshonorais à ce point la robe que je porte.... Digne chancelier d'Aguesseau! que ne m'as-tu légué ta plume sublime et ta haute situation sociale!.... Je verserais des torrens de honte sur ces indignes apostats d'une profession qui, selon toi, était aussi nécessaire que la justice, aussi noble que la vertu!... Entendez-vous, avocats! ces mots terribles!... un ordre nécessaire comme la justice, noble comme la vertu!... Convenez que vous êtes un peu loin du modèle; mais prenez garde : si le fouet des mercuriales est brisé, le mépris public fut de tous les temps!... Mais, moi aussi, je me laisse entraîner... et je ne le veux pas. Vous le savez, notre digne Casimir Delavigne nous l'a dit :

La raison qui s'emporte a le sont de l'erreur!...

Soyons donc calmes. Reconnaissons avec bonheur qu'il est encore un grand nombre d'avocats fort estimables et fort estimés, qui sauront, je n'en doute pas, ramener les jeunes têtes emportées par la passion toujours injuste et toujours déraisonnable..... Croyons encore que parmi les capacités turbulentes qui pèsent sur le corps social, il en est plus d'une qui, mûrie par le temps, portera des fruits utiles; croyons enfin que la raison publique aura aussi son tour, et qu'une fois son règne assis, les portes de l'antre des factions seront fermées à jamais!... En attendant, mon digne et honnête ami, ne vous faites pas faute de mes conseils. Quand vous aurez souci de vous nettement fixer sur une loi politique ou autre, ou bien de briser le masque d'un fourbe, d'un intrigant; venez, accourez, vous me trouverez toujours prêt à remplir ces deux devoirs avec courage et probité...

Au revoir, mon digne ami, allez rejoindre maintenant nos camarades de la garde nationale qui, comme vous, ont été trompés et entraînés,.... et répétez-leur ma leçon. Voilà l'honoraire que je vous prie de mettre au bas de ma consultation...

— Au revoir, mon loyal avocat..... je vais obéir à votre noble vœu... Et vienne la protestation,..... elle sera bien reçue par moi et mes amis!..... Adieu.....

— Un dernier conseil. En répétant les choses que je viens de vous dire, parlez comme je l'ai fait moi-même, sans crainte,!.. mais aussi parlez sans haine...... N'oubliez pas qu'à cet immense débat se trouve lié le sort d'accusés nombreux, et qu'une des règles les plus saintes de l'humanité et de mon grave ministère nous oblige, vous et moi, au respect le plus religieux pour le caractère toujours sacré d'un accusé!... Allez,... la vérité seule vous suffira... Adieu!

Par un Avocat Garde national.

www.ingramcontent.com/pod-product-compliance
Ingram Content Group UK Ltd.
Pitfield, Milton Keynes, MK11 3LW, UK
UKHW020541230726
13925UKWH00006B/2407